文學の森

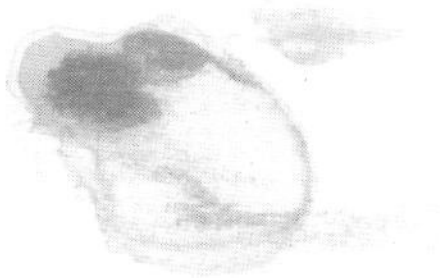

からだから

Fujiwara Yoko
藤原暢子
句集

序

学生だった藤原暢子さんが俳句を始めてから二十年ほどになろうか。

いよいよ句集が生まれることになった。この世に呱呱の声をあげる第一句集に『からだから』と命名したのは暢子さん自身である。そればかりでなく、句を選び、見開きごとに句を並べて景色を作り、季節の流れをつけてゆくことも自身の手による。

一集を編むための一つひとつの作業は悩ましく、かつ心躍るものであることを私は知っている。実は私の第一句集も自分で形にしてみたかったからだ。

今井杏太郎師にとっては異例のことだったに違いないが、本人の意に任せるというかたちで見守っていただいた。それを知らない暢子さんが私と同じことをしているということを面白いと思った。

今井杏太郎の「魚座」に学び、鳥居三朗の「雲」の時代を共にしてきた暢子さんの俳句は若さの魅力を存分に発揮していたが、あるころから変わり始めたことを覚えている。

田遊びや歌も夜空のひとつなり

東京の板橋で千年以上続く田遊び神事での作だという。土地の人々の祈りの声が夜空へと立ち昇り、神々に捧げられゆく風景が遥かなるものへの憧れや畏敬をもって描かれた。風景の奥にあるものをとらえる力を育んでいたことを強く意識した一句であった。

『からだから』と名付けられた句集には、たくさんの身体感覚と親密に結びついた俳句が収録されているのだが、このことは藤原暢子ならではの旅の在り方とも関わっているかもしれない。

世界各地を旅した日々、ポルトガル留学、帰国してからもまだまだ旅はつづいている。カメラを携えては各地の祭や伝統行事を訪ねる。神輿の担ぎ手にもなる。「青春18きっぷ」を手にしては興味のおもむく処へ飛んでゆくのだ。自らを揺さぶるものがこの世にはたくさんあるらしい。

一度だけ、暢子さんと二人で私のふるさとの祭を泊りがけで訪ねたことがあった。祭は江戸期の商業都市の栄華を伝えるものであったが、いまや商都としての力は衰え、古い看板を掲げていながらも客足が途絶えてしまっているような店も少なくない。そんな町の一角に佇んでいたかと思うやいなや一軒の店へ入っていった暢子さん。臆することなく声をかけると、うす暗い店内にうずくまるようにしていた老人は、この訪問者を待ち焦がれていたかのように昔語りを始めたばかりか、外に出て店舗の建築様式まであれこれ教えてくれるのだから驚いた。

藤原暢子流の旅が少しわかったような気がした。見る、という目を働かせていることはもちろんだが、見るだけでは決して終らない。出会って、触れあって、交感する。それらすべてが藤原暢子の旅となるのだ。『からだから』はそのような旅の足跡そのものであるといえよう。


今井杏太郎が亡くなって八年。

鳥居三朗の急逝から五年。

今井杏太郎、鳥居三朗を見送った私は、藤原暢子旅立ちの第一句集を「魚座」から「雲」につながるひとすじの光として受け取った。

いまは一集を編むことで精一杯でもあろうが、やがてこの第一句集が自分についての何事かを気づかせてくれるものともなろう。その意味で第一句集は作者自身への贈り物ともいえる。

二〇二〇年六月

飯田　晴

目次

装画　鈴木智香子「早夏」
装丁　宿南　勇

句集

からだから

夏

こどもらはしぶきへと為り変はり夏

靴投げて夏野どこまで夏野かな

草に寝てはかる夏燕の高さ
裸なら私も山になれるはず

どこからを旅と呼ばうか南風
若竹の揺れ体から音のする

はじまりに雨の味あり山桜桃

かまきりの子のやはらかき威嚇かな

麦秋や名前のついた消防車

まばたきにひとつが増ゆる夏の星

傾きがその人である夏帽子

涼しさを歩いてをれば古き町

ゆふぐれを祭囃子のぬける家

置けばそこに風の生まるる神輿かな

石段のてつぺん夏の日の座る

木を立てて町は祭に近づきぬ

声あげて神輿は熱になりにけり

ビール干す暖簾を少しはみ出して

指定席らしきものあり夏夕

祭髪ほどきて熱を放ちけり

銭湯へはふりし祭衣かな

ががんぼの流れてしまふドライヤー

紫陽花は約束の日にひらきけり

胸像の髭の上向く五月晴

配る手のよろこんでゐるさくらんぼ

目の奥の洗はれてゆく緑雨かな

海こえてかたつぶり喰ふ人となる

燕の子並びて赤き屋根の国

飽きるまで歩いて玉蜀黍の花

紙折れば舟の生まるる白夜かな

夏至歩きたがる体をつれてゆく

一人づつ離れ棟の花の下

緑蔭を人は点滅してゆけり

とうすみの生きる高さを見てをりぬ

左手に紫陽花の手触りを置く

雨宿りする間を草蜉蝣とゐる

薔薇園に数字をひとつ忘れをり
甘き菓子とけだして六月終はる

昼の月より降りてくる竹落葉

水無月に進化を止めた貝を置く

人声を近くに黴の増えてゆく

天窓を開けががんぼを入れてをり

竹皮を脱ぐ間を人は増えてゐる

森の声受信してゐる裸かな

穴を見る度に涼しくなつてくる
とどまりて風待月の石となる

どくだみは町の窪みに咲きにけり

円卓を回せば夏の日の暮るる

かさかさと体はなるる夏蒲団

いく日かががんぼと暮してをりぬ

蟻の乗る列車は千葉へ向かひけり

涼しさや癖字の月は風に似て

蓴菜の池の記憶を飲み込めり

花茣蓙を敷いて早めの眠りかな

駅ひとつ緑雨の島となりにけり

どくだみの集まれば目に見えてくる

草蜉蝣交みし森の暗さかな

竹皮を脱ぐ石仏の手のあまた

未草もうすぐ雨のふるにほひ
とうすみのつるむ体の数字めく

したたりをたどれば神の居るところ
おほあめの響いてゐたる緑かな

今日からは風鈴の音の道となる

病葉を文と思へば手に馴染む

めまとひの中心すこしづつずれる

蝙蝠に操る糸の見えさうな

夏雲のあふれて列車すべりだす
きしめんつやつや夏シャツの並びをり

五階から風鈴の音をもらひけり

水音を聞くやうに見る夏の月

手足また鰭に戻りし昼寝かな

落し文入れて木箱を明るうす

紙魚は声無くして本は焼かれけり

かはほりや空にねぢれの生まれをり

からだから海あふれだす夏休み

車窓切りかはり少年ゐる夏野

同じビール飲みてどこまでも味方

夏燕風のかたちを追ひにけり

裸足なら踏み出す土の強うなる

蠅光る誰にでも太陽の色

口笛の聞こえ毛虫の毛の長き

夏蝶と影のかさなる歩みかな

髪洗ふシーラカンスに会ふ前に

水母浮く水になりきれないままに

鱏のゐて水族館の空になる

夏濤になりたがる紙飛んでゆく

ざわめきのひとつになりて花火散る

秋

立秋の車はとほくへと走る
風あればとんぼの国へ来てしまふ

触れてゐる秋蟬を楽器と思ふ

表札の無くて秋風鈴ひとつ

朝顔に繋がれてゐる家ふたつ

爽籟の勝鬨橋に震へあり

母の手に飛蝗おほきくをさまれり

貝殻をあつめて迎へ火を焚きぬ

からだから音湧いてくるをどりかな

生きてゐる人と集ひて盆の月

新米をおかはりする日三朗忌

とんぼうの翅あをぞらになりにけり

秋晴にまんぢゆうを買ふ列となる

ひよつとこに好かれてしまふ秋祭

用件を忘れて雲は秋になる

バスを待つ玉蜀黍の風のなか

秋蝶は人の近くをゆれてをり

ひとつしかない名月を見てをりぬ

爽涼の石の凹みが尻に合ふ

待人を忘れ桔梗の青さかな

舟ひとつ鎮まりてゐる秋の水

古時計鳴る秋蝶の飛び立てり

朝露の光の原をぬけにけり

秋草は風待つかたちしてをりぬ

火の神のゐない厨を鉦叩

新しき言葉生まるる無月かな

間違へし列車が秋の海へ出る

高きより船を数ふる秋彼岸

爽やかに手ぶらの人となりてゐる

風の音と秋蟬の音の入れかはる

荻の声からつぽの踏切開く
人影をはなれてからのいなびかり

星月夜規則正しい音のする

貝殻に足を切られて九月果つ

赤子から声の出てくる竹の春

水引の花の山なる古墳かな

虫の音にけづられて夜になりにけり

家といふ太鼓の中や野分くる

秋澄むや水面に風のくる合図
いわし雲くづれるまでを草のうへ

とんぼうの広がる空の底に寝る

りんごりんごほつたらかしの紅さかな

息をして葡萄紅葉の中にをり
オリーブの実の降るところ人の家

口笛の重なり合うて天高し

新藁はさりさり人は唄ひだす

秋空を開いてゐたる庭師かな

榠樝の実嗅いでやさしくなりにけり

手に心地よき形買ふさつま芋

夕暮を部屋いつぱいに入れて秋

長き夜のたましひ出づる大き耳

白菊のしづかに音を吸ひとりぬ

金風の軽さを持ちて逝ける人
神様の息のかかりて初紅葉

銀杏を供へて丸き石のあり
草の絮飛ぶ行き先に迷ふとき

呟けば雨冷の木の揺れはじむ

長き夜を歩いて海を離れけり

朝冷に置かれて青いバケツかな
秋の日のしみこむ色のつむがるる

団栗を置いて眠りてゐるところ
星飛んで家族のやうになつてゐる

色変へぬ松のうらよりぬける道

一位の実食み街道の尽きてをり

草の実をまとひて野良の人となる

ひうと吹きひとりの増ゆるひよんの笛

敗荷の参るかたちに傾きぬ

行く秋の公園のパンダの硬さ

道分かれ菊のあかるい方へゆく

冬

冬来る硝子は文字を書くところ
歩くこと歌ふに似たり小六月

茶の花の見ゆるところが今日の椅子

弁当へぽつりと落つる雪螢

同じ箱並んでゐたり神の留守

水涸れて唇紅き石仏

小春日の一枚脱げば花柄に

忍術を使ふ子どもの枯葉山

一人減り一人が増ゆる日向ぼこ

かたむきて止まる列車や冬ぬくし

はく息に十一月の雪がある
七五三ふりむいてばかりの子ども

冬の鳥2H鉛筆の固さ

はつゆきと手帳に書いて眠りけり

枯園をうごかしてゐる鴉かな

菰巻をなでてここらが松の腹

明るさが売れてゆくなり酉の市
星冴ゆる夜道は長くあればいい

凩や鉄砲坂を駆け下りる

帰り花ひとり足りないやうな気も

触れられぬ青あり冬鳥のなかに
足音の枯葉に変はる夜更けかな

短日の水蛸水をうごかしぬ

噎する前の記憶の欠けてをり

足のうらよりしみてくる冬館

凍星と水の流れてくる音と

初霜を踏んで売られてしまふ土地

木枯や箱に隠れてゐるこども

寒禽のこゑたくはへて深き森

枯園へ己の影を落としけり

顔取りかへて夜神楽のはじまりぬ

神降ろしまなこ冷たくなつてくる

舞ふ人の操られゆく神遊び

鈴の音の夜を開きたる神楽かな

煤逃のあをぞら続くはうへ行く

すずなりのふくら雀の木でありぬ

手をつなぎたがる真つ赤な冬帽子

セーターに人のにほひのありにけり

年の瀬の太鼓の革に触れてゐる

太き指より生まれたる藁仕事

話し終へ暖炉の中に目の残る

狼の残した息に夜の凍てて

隣り合ひ違ふ蜜柑を剝いてをり

よく見れば新顔である竈猫

切つても切つても金時人参赤き

大年の黒き鉄鍋鶏煮ゆる

人々の真ん中にをり笑初

新年の真白き紙をつかみけり

初日浴ぶ石ころひとつ持ちてくる

食堂の皆知り合うて年あらた

城訪へば犬の寝てゐる二日かな

人日の山より人の村を見る

買初の朱塗の盆にある厚み

田遊びや歌も夜空のひとつなり

枯菊に日のまぶしさの移りけり

奥の間に人をさまりぬ雪の村

古き家をたづねてをれば息白し
眠り入るとき顔見ゆる雪女

黒板へとんとんと文字冬の雨

消火器のひとつ廊下に寒さ満ち

寒九へとピアノの音のこぼれをり
春を待つこゑのかさなり歌になる

箱に在る人へ話して暮早し

待春を父の棺と眠りけり

冬木の芽さはる明るくなるために
風花のいつかの道を歩くとき

雪晴の鴉のうしろついてゆく

いなり寿司ふくらんでゐる春隣

節分の今日より笑ふ人となる

春

寒明けや鈴を鳴らしてゆくこども

人々の顔に火の色春兆す

ゆつくりと息をする日の梅の花

物音のかろさよ春のくる合図

水ぬるむことんことんと列車鳴り
ふらここの空のだんだん丸くなる

足跡のあをく続きし別れ雪

藁の香や春の神様編み上がる

残雪や油揚煮ればふくらみぬ

木の芽和喰ふ口が言ふ山のこと

雪解川さらさらと目の澄んでくる
笛の音は梅のかをりをしてゐたる

花柄の歌の出てくる春炬燵

水温むところを今日の住処とす

ふつと足向かふところに春のあり

人間の出てくる道の犬ふぐり

旅つづくのも佐保姫のいたづらか
残雪の山を見てよりまた眠る

息深く北窓開く石の家

あたたかや布の袋へパン届き

驢馬に道たづねてゐたる春野かな

椿よりこぼれし水をふくみけり

城壁を囲んでゐたる菫かな

風光る手は音楽を生みながら

知り合うて別れてゆける春の山

三月の木綿の糸は鳥となる

ものの芽や山はくすぐつたからうに

てふてふの翅無き頃をなつかしむ

うららかや品書はひらがなばかり
をんなのこ笑うてかろきひなあられ

地は春の神様となり太鼓かな

田楽を喰らひて鬼に会ひにゆく

蘖や手に手に飴のくばられて
火のうごく三河の国の春祭

東京を離れ朝寝をしてゐたる
半眼に春の水平線を入れ

ぐにやりといふ春の夢より戻りけり

島ひとつひとつに名前旅の春

囀につながれてゆく山と山
人の手を離れ春野にある鞄

草若葉眠る子に桃色がある

機ひとつをさまる家の日永かな

新しき地図のひろがる春の昼

鳥の巣の生まれ続ける形かな

雉と眼の合ふまで色を見てをりぬ

花大根咲く今日からは風来坊

春愁の列車は山へ来てしまふ
甲斐はいま燕の国よ風吹いて

犬の尾のゆれ桃の花続きけり

摘草や手のやはらかくなつてくる

田螺鳴く一人足りない世に慣れて
ものひとつ忘れて蠅の生まれけり

てふてふにかこまれてゐるこはさかな

古巣見る目は体から離れゆく

春服の体の空へ近づきぬ
燕とんで町新しくなりにけり

晴れてゐて風船を持つ僧侶たち

人々は桜にうごかされてをり

春眠のあひ間を人に会ひにけり

遠州の山並にある霞かな

垣繕ふぱちんぱちんといふ背中

子どもらに名前をもらふ春の鴨

川光る船をならべて春祭

対岸の人と目の合ふ日永かな

春昼の屋根にあつまる子供たち
宝塚駅の燕のようまはる

たんぽぽや名前のついた仕事する

春惜しむ同じ歩幅の人とゐて

チューニングできぬラジオと夜半の春
書きかけのままに朧を歩きだす

無い無いと言ふ人とゐて春愁ふ

さくらもち時計の遅れそのままに

のどけしや一人づつ名を思ひ出す

春闌けて落し紙売る雑貨店

バスを待つ椅子のいろいろ夏近し

句集　からだから　畢

跋
――アンリ・カルティエ＝ブレッソンの言葉――

藤原暢子さんは俳人だけでなく写真家としても活躍している。

だからという訳ではないのだが、この句集『からだから』を読み終え、ふとある写真家の言葉を思い出した。二十世紀を代表するフランスの写真家、アンリ・カルティエ＝ブレッソンは次のように語ったと言われる。

「写真を撮ること、それは、同じ照準線上に頭、目、心を合わせること。つまり、生き方だ」

暢子さんは確かに同じ照準線上に頭、目、心を合わせている。それが俳句から見える。しかしもうひとつ軸があるのではないか。仮に照準線を水平方向のx軸とすると、垂直方向y軸に自分の体を置いて重力を感じているように思う。

茶の花の見ゆるところが今日の椅子

この句などはx軸とy軸のバランスがいい一句だが、y軸が強くなると、

草に寝てはかる夏燕の高さ
いわし雲くづれるまでを草のうへ
とんぼうの広がる空の底に寝る

これらの句は「草に寝て」「草のうへ」が実は重要で、その大地に接している、重力の安心感の上で、作者は「夏燕の高さ」なり「いわし雲」を見ている。三句目などは「空の底に寝る」のだから、私にはとても重力を感じる句と映る。

このｙ軸の力が究極的に強まると、それは「からだ」への関心になる。

からだから海あふれだす夏休み
古巣見る目は体から離れゆく
夏至歩きたがる体をつれてゆく

「からだ」はもはや作者自身から離れ「つれてゆく」ものにすらなる。

春服の体の空へ近づきぬ

この句もあくまでも「春服の体」。アンチ重力とでもいうべきか。ｙ軸の反対方向、軽さ、浮遊感のベクトルを感じさせる。

彼ブレッソンの生み出した言葉に「決定的瞬間」がある。それは彼の写真集の英語版のタイトル『The Decisive Moment』のこと。面白いことにその写真集のフランス語の原題は『Image à la sauvette』「逃げ去るイメージ」とでも訳せようか。

一年、季節という大きな時間から、今という一瞬まで、その時間をとらえなければ、イメージは逃げ去る。それを暢子さんは十七音でつかまえて私たちにみせてくれる。

大年の黒き鉄鍋鶏煮ゆる
円卓を回せば夏の日の暮るる
ゆふぐれを祭囃子のぬける家

甲斐はいま燕の国よ風吹いて

燕の季節春を詠んだ句。作者は自由形の人と私は思っているが、珍しく形が決まっている一句。断定+「よ」の詠嘆・親しみ+言いさしの「風吹いて」の余韻ということになろうか。この句について暢子さんはこう語ったことがあった。
「山梨をぶらぶら歩いていて、燕が何羽も旋回して、ふっと出来た。句が出来た時に今井杏太郎が降りてきた感があります」

イメージは変容しやすい。その変容を暢子さんは捉える。「増える」「変わる」そして「生まれる」。

声あげて神輿は熱になりにけり
紙折れば舟の生まるる白夜かな
竹皮を脱ぐ間を人は増えてゐる
風の音と秋蟬の音の入れかはる
三月の木綿の糸は鳥となる

こどもらはしぶきへと為り変はり夏

この句集、季節は夏から始まっている。その夏の一句目にこの句が置かれている。それが藤原暢子さんらしい。

そういえば、暢子さんに好きな写真家は誰かと訊いたことはない。しかしアンリ・カルティエ＝ブレッソンのこのエスプリ、精神はわかってもらえる

これもブレッソンの言葉だ。藤原暢子はそこを歩いている。

「瞬間は永遠につながる」

だろう。

二〇二〇年夏

大塚太夫

あとがき

「旅が趣味なら、俳句やってみない？」

アルバイト先にいた鳥居三朗さんの、こんな軽い誘いにのって俳句をはじめた。数回の手ほどきを受けた後、はじめて「魚座」の仲間に会ったのは、奥多摩への吟行だった。青空。夏山。清流。吊り橋。女郎蜘蛛。そして澤乃井の旨い酒。いまでも鮮明に思い出す。

三朗さんは、誘ってくれた当時は「魚座」の編集長だったが、後に「雲」の主宰、つまりは私の先生になった。私と同じく、旅と祭が好きだった。俳句とともに、知らない祭を、新しい旅先を見つけるきっかけをくれた。

「がんばらなくていいからさ。長く続けてね」

そんな冗談まじりの励ましを真に受けて、気づいたら二十年が経とうとしている。そして、三朗先生が亡くなってからもうすぐ五年。今頃、雲の上で、「少しはがんばって、俺が生きているうちに句集を出してほしかったなぁ」と言っているかもしれない。でもきっと、笑ってくれていると思う。

俳句をはじめてからの二十年の月日のうち、二年間はポルトガルで過ごした。惚れた国の四季を味わいたい、というのがきっかけだった。今も年に一、二度通い、村々を訪ねる。人や風景を、時折いとおしく思い出し、句に詠むことがある。

はじめに入った「魚座」の主宰、今井杏太郎先生も、直接うかがったことはないが、ポルトガルが好きだったそうだ。かの地を旅し、気持ちのいい風に吹かれる時は、杏太郎先生が、そばで遊んでいるのかもしれない。

本書は私の第一句集である。俳句を始めてから二〇二〇年春までの作品の中から、三〇〇句を拾い集めた。そして私の好きな季節、夏から始めることとした。

軽い気持ちで俳句を始めた時は、まさか句集を出せるとは想像もしていなかった。きっかけをくださった北斗賞審査員の皆様、出版にあたりお世話になった「文學の森」編集部の皆様、そしてカバーを彩ってくれた友人、鈴木智香子へも感謝したい。

また、仲間として出会い、今は主宰として、時に甘く、時に厳しく、指導してくれている飯田晴先生。いつも助けてくれる兄貴分、大塚太夫さん。一緒に句座を囲み、遊んでくれる仲間達。様々の生き物。祭や風景。出会う人々。私を驚かせてくれるすべてのものに感謝したい。

そして、いつも励ましてくれる母。この第一句集は、同じく創作を楽しむ彼女へ捧げたい。

これからも旅を続けながら、心動かされる世界を詠もうと思う。

二〇二〇年夏

藤原暢子

著者略歴

藤原暢子（ふじわら・ようこ）

1978年　鳥取生まれ。岡山育ち
2000年　「魚座」入会
2006年　「魚座」終刊
2007年　「雲」入会
2010年　ポルトガルに渡る（2012年帰国）
2017年　「群青」入会
2019年　「群青」退会
2020年　第10回北斗賞受賞

現　在　「雲」同人
　　　　俳人協会会員
　　　　東京都在住。写真家としても活動

e-mail　fujifuji197888@gmail.com

句集　からだから

発　行　令和二年九月一日
著　者　藤原暢子
発行者　姜　琪　東
発行所　株式会社　文學の森
〒一六九-〇〇七五
東京都新宿区高田馬場二-一-二　田島ビル八階
tel 03-5292-9188　fax 03-5292-9199
e-mail　mori@bungak.com
ホームページ　http://www.bungak.com
印刷・製本　大村印刷株式会社

ISBN978-4-86438-936-5　C0092